반구대 가는 길

이영필

울산 울주 출생
1995년 〈경남신문〉 신춘문예 당선 및 《시조문학》 천료
시조집 『목재소 부근』 『장생포, 그곳에 가면』 『금빛 멜로디』 외
울산문학상, 울산시조문학상, 성파시조문학상 외
2014년 『장생포, 그곳에 가면』 세종도서 문학나눔 선정
현재 울산시조시인협회 회장
pil6102@naver.com

반구대 가는 길

—

초판 1쇄 2021년 10월 20일
지은이 이영필
펴낸이 김영재
펴낸곳 책만드는집

—

주소 서울 마포구 양화로3길 99, 4층 (04022)
전화 3142-1585·6
팩스 336-8908
전자우편 chaekjip@naver.com
출판등록 1994년 1월 13일 제10-927호
ⓒ 이영필, 2021

—

* 이 책의 판권은 저작권자와 책만드는집에 있습니다.
  이 책 내용의 전부 또는 일부를 재사용하려면 양측의 동의를 받아야 합니다.
* 이 책은 (재)울산문화재단 2021 울산예술지원 선정 사업의 일환으로 발간되었습니다.

울산광역시 ULSAN METROPOLITAN CITY   울산문화재단 ULSAN ARTS AND CULTURE FOUNDATION

—

ISBN 978-89-7944-776-7 (04810)
ISBN 978-89-7944-354-7 (세트)

책 만 드 는 집 · 시 인 선 1 8 2

반구대 가는 길

이영필 시집

책만드는집

나는
건물 계단을 오를 때
비상구 불빛을 확인하는
버릇이 있다

졸시 「반구대 가는 길」이
어쩜 내 시의
원형을 찾아가는
출구인지도 모른다

2021년 가을
이영필

| 차례 |

1부

2부

3부

4부

5부

1부

꽃비

벗나무는 지금 한창
빙수기를 돌리고 있다

사르르 입 안에서
녹아든 단팥 향기

바람이
몰래 와 먹고
고명만이 남았다

낡은 냄비

검버섯 드문드문 내 엄니 얼굴인 듯
삭아진 냄비 곳곳 모진 때가 낀 세월
팔 남매 받아주느라 속 끓었던 흔적들

한 국자 뜨다 말고 어린 눈빛 읽어갔을
생인손 마디마디 안 빠지던 부기는
자식이 원수라지만 키워보면 사랑이

반구대 가는 길

굽어 돈 산길 끝에 촌집 한 채 졸고 있다
도포를 끌던 포은 잠시 마실 갔는지
읽다가 던져둔 고서 아무렇게 쌓였다

청석을 캐어 와서 잘 다듬은 반구연盤龜硯에
밤낮 물소리가 먹을 갈고 있었다
집청정 푸른 대숲이 겸재 화원 붓이 됐다

반구천 대곡천이 함께 만든 에스라인
그 물길 돌아 돌아 선사로 이어졌고
갑자기 맹수 한 마리 달려들 것 같았다

크리넥스

네 몸의 꽃 냄새는
어떻게 깃든 거니

꽃나무 그늘 같은
바람이 살고 있니

아파트 테라스 같은
그곳으로 내가 든다

장롱 속 곱게 개킨
이불 같은 포근함이

우리네 지친 마음
보드랍게 감싸준다

어쩌면

도시의 얼룩

닦아주는 달빛일까

미장원 캡처

문 열자 바람이 슬쩍 한 여자 훔쳐본다
눈꺼풀에 붙은 피로 파마약처럼 굳어있고
꽃분홍 비닐 앞치마 미끄럼 타는 하루치 삶

염색약 빗어 바른 여윈 손이 안쓰럽다
그림자 하나 지우고 뛰어든 생활 전선
중화제 거품 인 세상 샴푸질로 씻어낸다

수다 떤 고객 함께 넘기는 인생 백과
가벼운 잡담에도 허기는 불러오고
찍 하고 긁는 카드에 촉수 높인 저녁 불빛

자반 인생

골목에 무대 차린 노점상 생선가게
몇 마리 주문하자 바닷바람 불어온다
동태는 상품 되려고 제재소에 들른 듯

전동톱 날 끝에만 떨림 있는 건 아니다
꼬리를 탁탁 치는 앙칼진 새우 학꽁치
만화경 좌판 줄줄이 펄떡이는 레이아웃

속을 다 드러내고 소금 만난 고등어 한 손
비닐 옷 새로 입고 냉동에서 꿈을 꾼다
해동이 되는 날에는 푸른 바다 만날까

물 묻은 앞치마서 띠리릭 호출하면
사람과 사람 사이 헤집는 갈매기 울음
무장한 퀵 오토바이 어쩜 그가 바다다

청매실 과원

날갯짓하던 콩새 둥지 튼 겨울 내내
품었던 청색 알이 삐약삐약 깨어난다
뾰로통 입술 내밀며 가지 위에 앉았다

새파란 하늘에다 초록 글씨 쓰는 부리
송송송 맺힌 이슬 에필로그 작성하고
나무가 신동의보감 새로 집필 중이다

사량도 염소

절정인 원추리꽃 해무 덮인 지리망산
벼랑길 바위 잡고 올라선 까만 염소
고지를 점령한 표식 영역 긋는 똥을 눈다

한동안 나무에다 허방 꿈 걸어놓고
해골바위 곁에 가서 새끼에게 젖 물리던
거친 풀 되새김하는 찌릿찌릿 그 어미

가만히 생각하면 나도 야산 염소 같아
숲속에 들어가면 잡목에 묻혀 살고
가파른 필드에 서면 호흡조차 가다듬는

풀 뜯는 일에 오직 전념을 하다가도
먼 바다 바라보면 문득문득 떨린 심장
급경사 이어진 삶을 가파르게 오른다

구룡포 실루엣

일출이 제일 먼저 도착한 항구에는
공판장 자리다툼 파도 소리 철썩인다
긴 다리 치켜세우는 대게들의 퍼포먼스

어둠 속 더듬듯이 눈 없이도 지낸 날들
두고 온 심연 바다 애틋해진 그 순간에
모두가 입맛을 다신 속살 내어주었다

골목길 할매 한 분 고무 통 잡아끈다
고기는 퍼덕퍼덕 안 가려고 떼를 쓰고
손금을 빠져나온 바람 먼저 집에 들었다

해안선 가까이에 조개무지 같은 집들
출항에 부푼 어부 횟집에서 잔을 꺾고
밤바다 빤한 초승달 다시 닻을 내린다

무당벌레 연혁

점점이 반복되는 일상의 태만 깨위
땡땡이 원피스 입고 풀밭으로 나간다
잔디밭 한복판에서 천적 잠시 잊고서

날개를 폈다 접었다 공기저항 받는 삶이
'하는 일 사랑하라'는 그 말처럼 쉽지 않다
세상이 나와 둘 아닌 불이사상은 더 어려워

고구려 무용총 벽화 무늬 옷 입은 무희
밤하늘 별을 보며 나처럼 그리워할까
영혼을 깨우는 춤사위 소맷자락 흔든다

벽화 속 무용수들 화면 속 빠져나와
어디로 가려는지 천문도天文圖 짚어 간다
초록색 잔디 위에선 우여우여 춤추고

그 여름

베란다 틈 사이로 비집고 든 식객 있다
고향집 사랑방서 낮잠 자던 아버지 민낯
쫓아도 앵앵댄 놈이 돌아온 건 아닐까

쇠죽 담긴 여물통에 까맣게 붙어있던
쇠파리 휙 내몰던 할머니 주름진 손
미물도 한식구로 산 참 무덥던 그 여름

뒷간의 나무 발판 명당으로 자리 잡고
주문인지 용서인지 앞발 삭삭 비벼 갈 때
풋감 툭 떨어지는 소리 고육책의 삼십육계

풍치를 뽑다

한 오십 년 쓰다 보니 뿌리째 흔들린다
담장에 돌 빠진 듯 뻥 뚫려 시린 자리
굴러온 임플란트가 제집인 듯 가관이다

첫새벽 청소차가 스케일링하려는 듯
물 뿌린 곳곳마다 굴착기 긁어댄다
자투리 움켜쥔 땅에 느티나무 안쓰럽다

반듯한 옥수수를 오독오독 씹고 싶다
그 좋던 사람 모두 어디로 다 떠났는지
찬 바람 들이닥치자 잇몸마저 시리다

작명

울 할매
나 태아 때
큰 인물 나겠다며

기 펄펄 음양 짚어
미리 지은 남자 이름

여장부 영웅 못 돼도
골목대장 했었지

2부

초파일 변주

새들은 비가림막 지붕 올리지 않는다

숲에서 나는 독백 다 듣는 성자처럼

경건함 몸에 배어서 탁발승으로 살아간다

탁 트인 빈가 안에 해와 달 찾아와도

떠나지 못한 적막 깃털 뽑아 덮어주고

백만 개 등불 없이도 득도 향한 길을 간다

참외 닮아

얼굴이 예뻐 보여
때로 미움받습니다

마음은 향기롭고
말씨는 곱다 하며

이빨로
생채기 내면
그냥 울고 말 거예요

억새 요양원

흰 억새 머리칼을 쓸어 넘긴 바람 손
숨차 오른 고갯마루 옷고름 휘날린다
한때는 들꽃 향기에 취해 살던 날인데

창 없는 창밖에서 햇살을 만지다가
낯선 이 마주하고 꺾인 허리 다독일 때
명치끝 불빛을 쏘며 달려가는 구급차

고려 땐 지게에다 부모 지고 산에 갔고
지금은 승용차로 요양원 모셔 간다
그나마 언덕 삶인 난 해도 보고 달도 보는

모두가 다짐한다 안 아프고 살아가길
눈물도 말라붙은 저문 해 수발 앞에
한 생을 유모차에다 느릿느릿 미는 가을

봄밤

회사 간 엄마 올까
기다리다 지친 아이

어둠을 쪽쪽 빨다
깜빡 잠에 빠진 사이

목련이 흰 등불 켜고
문밖에서 기다린다

32

불빛 사원

가로등 불빛들이 하나 둘 켜질 즈음
노동을 끝낸 사람 불빛 사원 들어선다
거대한 체스판 도시 막 벗어난 말이 되어

황촉을 환히 밝힌 따닥따닥 유리 집들
소주잔 기울이며 하루치 수행한다
마음을 후려친 일들 죽비였다 분명히

맷돌을 돌려대는 로터리 빠져나와
노란 선 물린 아우성 소리들을 들어본다
천천히 갈리는 번뇌 경전 한 권 쥐게 된

태화강 까마귀

설악산 향해 갔던 오래전 수학여행
까만 베레모들 울산바위 오르느라
다리를 삐끗하다가 깃털 하나 떨궜다

먼 이국 돌고 돌다 맞이한 늙은 들판
가장자리 한쪽에서 꺼이꺼이 우는 너를
귀먹은 어른 누구도 알아보지 못했다

한동안 머물면서 정 줬던 팽나무 위
겨우내 넘긴 책장 이제 다시 덮고 있다
길 없는 하늘 영토에 나침판은 떠는데

은빛 강

오월엔 빛이란 빛
강물에 투신한다

부리로 피리 부는
외발 악사 키 큰 왜가리

둑방길
걷는 여학생
종아리가 환하다

불국사 봄 시

정 끝에 실었던 꿈 석공은 간데없고
전설을 끌어안은 천년 탑은 침묵한다
검버섯 꽃으로 숭숭 피고 지고 또 지고

그날의 영상미가 꽃비로 쏟아진다
대웅전 촛불 밝혀 어두운 마음 비춰보면
날마다 하늘 문 열던 열쇠 하나 보인다

님 가도 돌은 남아 이끼는 침묵하고
떴던 눈 다시 감아 잠시 하품하는 사이
모두는 바람이 되어 강물처럼 흘렀다

원형을 찾아가다

여름내 빨던 햇살 묘제사 준비했다
정갈한 노란 고물 은행잎 뿌려지고
십일월 꽃보자기에 제물 싸느라 바쁘다

이발한 묘지 앞에 가을 한 상 차려졌다
주위 빙 둘러서서 절하는 도래솔도
늦가을 붉어진 마음 뭉텅뭉텅 밀려온다

거북목 고개 숙여 도시 뒷길 걷다 문득
세월이 닫아건 문 열어보고 싶어진 날
봉분이 올라온 내력 그 원형을 밟아간다

햇살 다 흩어지고

옛 동네 골목길을 조근조근 밟아본다
그 친구 웃음소리 담 넘던 집터에는
낡은 책 깊숙이 꽂혀 문장마저 긴 잠 잔다

스스스 푸른 대밭 누가 빤히 보는 듯한
기척에 돌린 고개 늙어있는 살구나무
짜릿한 젖이 핑 도는 새댁 같은 뒤뜰에

호동댁 참외밭에 서리하다 들킨 햇살
뿔뿔이 다 흩어져 소문은 귀를 막고
냇가는 축축한 무릎 키 큰 갈대 거둬 산다

곡우 무렵

하루 끝 놓여있는 고기 식당 소주병들
주황색 전등 아래 잔들이 오고 간다
문밖엔 시대가 비운 슬픔의 잔 채워준다

가등 아래 기대있는 타고 온 자전거도
퇴근한 노동자처럼 혼자 젖어 취해있다
지구의 밖에서 보면 아름답기 그지없을

불판을 새로 갈듯 화제를 새롭게 해
초록 움 틔워내는 대지를 딛고 선다
봄나물 한 줌 집으며 쓴 입맛을 다시듯

설탕바다

바다는
거대한
흰 설탕
포대 자루

배들은
푹푹 찢고
저 멀리
달아나면

쏟아진
흰 알갱이들
수평선이
쓸어 담고

무쇠솥

고향집 감나무 밑 쇠죽 쑤던 무쇠솥
누렇게 녹이 슨 채 세월만 삭이고 있다
혼자서 부채질하며 먼 산 보던 할머니처럼

배고픈 그 시절은 누렁이도 힘들었고
등겨 넣고 여물 끓여 허기진 배 채우던
속울음 삼킨 상처들 녹꽃으로 피더니

빗물 고인 깨진 독 안 들여다보았더니
쌀 씻는 양재기 들고 어머닌 뜨물을 받고
식솔들 걱정하신 아버지 부지깽이로 글 썼고

사랑방 궤짝 열어 땔감으로 지핀 고서
먹물을 찍어 썼을 그 정신 기억하면
아궁이 따뜻한 경구 한 줌 재도 울었다

3부

물컹한 시간

따갑던 시월 햇살 스무 살 어느 날
내리막 자갈길을 덜컹댄 시골 버스
대야에 담긴 미꾸라지 한꺼번에 쏟았다

한순간 교문 밖을 빠져나온 학생들처럼
바닥을 뒹구는 놈
구석에 숨어든 놈
웃음 둑 터진 저수지 범람하는 가을 인심

세상 밖 빠져나온 그때 그 친구들은
맨손에 움켜잡은 물컹한 시간을 딛고
뿔 세운 염소들처럼 불빛 도시 떠받았다

자벌레 봄날

가지에 쉬던 바람 어디론가 떠나간 뒤
민들레 꽃신 지어 하늘 갈 준비 한다
향기가 물씬거리는 아카시아 꽃구름

소나무 손을 뻗는 의젓한 봄을 보며
허리춤 감춘 슬픔 송화분이 소독한다
시야가 희뿌연 것은 너를 위한 배려다

숙명의 허리 줄자 얼마를 더 재어야
이팝꽃 궁전에서 만찬을 받게 될까
눈물을 푸는 뻐꾸기 가락가락 노질한다

벚꽃

겨우내 때 탄 홑청
표백제로 빨아 널자

지나던 꽃구름이
닮았는지 힐끔댄다

이불귀 꿰맸던 언니
울며불며 시집간 날

나무 심포니

나이테 동심원 속 내 한생도 거기 있었다
우수수 낙엽 흔적 그 내력 읽어내듯
발아래 회귀를 하는
흙의 정을 안고 싶다

가지를 뻗겠다고 힘주며 산 지난날들
하나의 동그라미 그냥 됨이 아니었을
어쩌면 그를 닮으려
마음속에 앉힌 달

중년

바람이 들이치는
추수 다 끝난 들녘

오십견 휑한 날들
지지대도 부러졌다

발효된
세월의 진국
장맛 그도 드나 보다

용정 아리랑

아들 딸 며느리까지 돈 벌러 한국 가고
강가에 개구리만 목이 터져라 울던 그때
용정 땅 할머니 혼자 부엌살림 도맡아

경작한 땅 비집고 발 들이민 잡풀들을
손 찌른 가시 뽑고 여린 잎 무등 태워
끝까지 선조 땅 지킨 쑥국새가 앉아있다

만주벌 복판까지 흘러든 해란강은
굽이진 사연 담고 출렁출렁 가는구나
비암산 옷고름 물고 아라아리 아리오

신방

새봄에 유채꽃은
노란 벽지 바른다

사방을 통유리로
훤하게 두른 들녘

신혼의 여행길에서
벌과 나비 오고 있다

토함산

뻥 뚫린 터널 안엔
검은 피 고여있다

협심증 앓은 불국토
스텐트 시술을 하고

달 한 알 먹고 나서는
겨우 잠을 청한다

팬데믹 시대

꽉 차던 오일장이 콩깍지처럼 비어있다
축 처진 시장 한쪽 쭉정이 골목길에
담장 밑 산수유나무 노란 고름 풀고 있다

시든 푸성귀듯 생기 잃은 상가마다
오고 간 막걸리잔 웃음 함께 사라지고
편도선 앓는 뻐꾸기 변성음만 쏟아낸다

으스스 봄 햇살은 고열 앓다 움츠린다
봄비는 방역하며 나무에 은침 꽂고
목련도 마스크 쓰고 손사래를 치는 봄

새벽 파장

두부판 모양 같은 입간판 형제들이
지나가는 사람들을 담백하게 부른다
누구든 입질만 하면 찌를 들어 올릴 듯

이발소 삼색 드릴 밤낮 허공 뚫어대고
부스스한 트럭 몇 대 불을 켠 이른 새벽
바람을 휘젓고 가는 혹한 격정 삶이여

시원한 새벽 공기 원 플러스 원으로 주는
친근한 밥집 불빛 부르는 곳 달려가서
까칠한 혀를 보듬는 더운 국밥 한 그릇

경기장 곳곳에는 최종 점수 집계 중
심판도 선수도 몇몇 눈빛이 번쩍이고
바람은 쓰레기 쓸며 뒷정리를 하고 있다

운동장

꽃치마 홀렁홀렁
들췄던 또래 아이

시간 밖 태엽 감아
짓궂게 웃고 있다

유년의
아이스케키
그 단맛이 그립다

봄비

빗물은 뿌리까지
추적해 들어갔다

초록 연필 깎은 새순
대지에 각서 쓰고

꽃물이 흥건히 젖어
실토하는 봄봄봄

상엿집이 사는 마을

나무 문 삐걱대며 흙담 한쪽 무너진 집
외진 곳 주차된 운구 피안의 귀의처에
서까래 회오리바람 지붕 위로 승천한다

풀벌레 떼거리로 자지러진 깊은 저녁
달빛은 종이 접어 푸르스름한 꽃 매달고
선동댁 어르신 가자 뒤따른 옥자 언니

어릴 적 먼발치서 본 꽃상여 오른 둔덕
종구잡이 춘식 아재 그 좋던 넉살 어디 가고
대문엔 보안시스템 경구만이 불 켜진

애 낳다 일찍 떠난 새댁의 마당가에
이 가을 피를 쏟는 맨드라미 지천이다
장례도 축제로 만든 그 모두는 어디에

낙동강

긴 숨을 들이쉬며 달려온 굽이굽이
대지에 금관 씌운 올곧은 충신 있어
금빛 해 들판에 뿌려 씨를 묻던 먼 날에

빛빛 저 윤슬보다 더 많은 애환들을
씻고 또 씻어내며 춤과 노래 불러댔지
한 역사 건너가도록 제 몸 다시 내어준

너와 우린 뿌리 민족 강이고 물이었다
파장 난 슬픈 문장 밑줄 치는 누군가가
두둥실 거룻배 띄워 눈 그늘에 떠간다

4부

메주꽃

숙성이 덜 된 봄을
마스크 씌워 띄운다

페니실린 추출하는
사이렌 경고음에

못 떨친
일상 두려움
푸른 꽃이 지운다

아름다운 폐교

대나무 잡목숲 지나 중산분교 들어선 순간
교적비에 적혀있는 이천이백구십 명의
졸업생 해맑은 얼굴 유리창 밖 내려다본다

학생들 선생님이 수없이 오고 간 길
철봉대 매달렸던 시간들 떠올린다
교실은 손 예쁜 선생님 풍금 소리 들리는 듯

'힘써 배우고 바르게 행하라'란 교훈
아직도 교단에서 생생히 들리는데
나뭇잎 쌓인 계단엔 고요만이 맴돌아

행진곡 울려 퍼진 운동장 한가운데
산까치 호각 소리에 트랙 돌던 착한 새들
늘어진 느티나무들 쓰담쓰담 만진다

마술사

빛바랜 포장마차 앞치마 비닐 두르고
붕어빵 3개 천 원 1개 300원이라 적힌 글자
주문을 반죽에 섞자 금붕어 떼 몰려온다

낱개로 사는 사람 덤으로 얹어주는
손 바쁜 마술사의 채송화 닮은 얼굴
불 꺼진 집으로 집으로 고기몰이 하였고

언제나 골목길은 바람이 비질했다
아파트 층층으로 지느러미 흔들 때
오렌지 불빛 아래서 만종 소리 울렸다

어린 날 잔칫집에서 얻어 온 떡 한 조각
입에다 넣어주던 어머니 손놀림은
사카린 맛보다 더 단 시간 속의 마술임을

두 개의 유모차

수국꽃이 만개한 아파트 화단 위로
한 쌍의 노랑나비 꽃 품에 숨어든다
배시시 웃어 보이는 유모차 민 젊은 부부

작약꽃 떨군 자리 팔 한쪽 기댄 바람
지나는 사람들을 멍하니 바라본다
세월을 밀고 온 바퀴 멈칫멈칫 세운 노파

모깃불 서정

구석진 어둠 골라 복병처럼 숨었다가
무방비 틈새 노려 확인 사살 하던 그놈
사이렌 왱왱거리며 귓가에 와 겁주던

개구리 떼울음을 멍석으로 펼친 여름밤
옥수수 하모니카 음 하나 놓쳐 갈 때
아버지 엄한 기침도 약발 서지 않았다

우물가 태운 쑥대 피어오른 연기 따라
별처럼 아득하게 흩어진 가족 이름
관절이 삭은 기와집 늙은 그림 되었다

결

등산로 나뭇등걸 손이 타 반질하다
허리를 잡았을 땐 움찔움찔 흔들렸을
식은땀 등줄기 줄줄 우듬지도 떨었을

시골집 마룻바닥 수없는 걸레질에
어머니 닳은 지문 결이 되어 반짝였고
오래전 샛별 하나가 내 하늘에 빛난다

살림살이 광택이란 어둠이 퇴적된 것
검정이 갈색 빨강 색조의 기품이듯
반투명 그늘 아래서 눈물꽃을 닦는다

소가죽 한 장 땅

소가죽 한 장 땅*에 들어선 탐식제국
시커먼 철제 대문 벌어진 입 사이로
교활한 동물 이빨이 솜털 뾰족 서게 한다

누런 옷 입은 군경개 실북처럼 드나들며
사람 다 물어뜯는 야수성 드러낸 곳
소가죽 마을은 종일 하늘 컹컹 짖어댔다

세 치 혀 간교한 말 거인 나라 삼킨 식욕
가슴에 묵은 울분 한 세기 저물도록
지하실 비명 소리에 분화구가 또 생겼다

* 일본이 간도협정을 체결한 뒤 얻은 땅.

매트릭스

번호는 학창 시절 이름을 대신했다
그날이 5일이면 5, 15, 25 호명한
아직도 주민등록번호가 정체성인 우리들

모니터 눈부신 햇살 순식간 사라진다
단 한 번 클릭으로 미로에 풍덩 빠진
흰 토끼 쫓는 0과 1 앨리스와 같았고

링거 줄 하나쯤은 누구나 달고 산다
비번에 묶인 일상 암호 푸는 경계에서
초기화 버튼을 찾는 탐정 매일 떠난다

아껴 쓴 봄볕

할머니 손에 자란 흙담 위 덩굴장미
희뿌연 등거 같은 세월 속에 피어있다
사랑방 뒷문을 열면 담배 무는 아지랑이

골목을 빠져나온 봄볕도 아깝다며
빨래로 젖은 손이 내 말린 쇠똥 거름
마당가 감나무 그늘 우물 길어 올리고

회초리 줄무늬를 종아리에 새긴 날엔
바지랑대 휘게 했던 세계지도 색동 이불
비상구 찾아 헤매다 반세기 홀딱 지났다

왕릉

명당만 골라가며
무쇠솥 걸어놓고

연기 대신 산안개로
잘 쪄낸 봉분 만두

대불을 앉힌 법당에
아침 공양 바친다

유년기

구멍 난 양말 집어 가만히 살펴본다
바늘에 따끔 찔려 시린 가족 떠올리며
아직도 당신의 한숨 내 심장을 꿰맨다

첫닭이 울기 전에 아궁이 불 지피고
가마솥 넘친 밥물 행주로 훔치시던
손 데인 솥뚜껑마다 자식 농사 익어가

붉은 금 쩍쩍 생긴 손등엔 딱지 돋고
그나마 따뜻한 물 한 바가지 나눈 샘가
깨어진 간장 종지는 생인손이듯 아팠다

장마 그쯤

긴 여름 태풍 속에
살림도 떫디떫어

아랫목 풋감 단지
소금물에 배불렀지

덜 삭은 별과 달 꺼내
허기 달래보던 때

바닥에 몰래 숨긴
그중 큰 놈 한 알은

슬그머니 하늘 가서
어두운 밤 등불 됐고

아직껏 물이 덜 빠진
보랏빛 감물 치마

주원리

옛집 뒷산 처음으로 안테나 세우던 날
구름이 힐끔 보며 흑백 티브이 켜주었다
까치 떼 터 잡고 앉아 소리소리 내질렀고

명 다한 대나무가 누런 꽃 피운 그날
아버진 담담하게 대빗자루 엮어서
돌담길 오고 가면서 세월 쓸고 있었다

문밖의 살구나무 신맛이 깊어질 때
큰언니 임신 비밀 눈감아 준 정주간
곰국은 영문 모른 채 신나게도 끓었다

바람 부는 왕릉에서

가야로 도심지에 금합 싼 초록 보자기
하늘 뜻 펼쳐 보일 천둥 번개 내리치던 날
부리로 알 깨고 나와 날갯짓을 하였을

흙 다져 노래 부를 사람들 모여들고
한 꺼풀 시대 허물 벗기고 또 벗기려
오가는 바람 매달아 산등성이 금줄 쳤지

새 역사 다시 쓰며 홍살문 연 문지기
왕조의 바쁜 아침 강물로 밀려와서
저 오랜 신화는 밤낮 눈 시리게 흐른다

5부

오리의 변辯

오로지 밥벌이로
물에 코 박고 산다

가끔은 하늘 보며
한탄이야 하겠냐만

닭들은 못 가진 오리발
그게 너무 좋단다

복숭아꽃 핀 마을

쑥 들어간 구지리는 대바구니 닮아있다
꽃 모양 열린 하늘 눈 맞추며 돌아들면
해금을 켜는 신선이 꿀벌 함께 천도한다

도읍에 원단 파는 분홍 포목점 들어서고
수시로 장꾼들이 분주하게 들락날락
물건값 외상 지우며 빈 주머니 차는 봄

백로

마주한 대나무에 달 가로등 단 공원
언제나 저녁 강은 날 위한 안식처다
무르팍 깨진 곳에다 연고가 된 잔물결

맑은 물 따라 들며 날갯짓 퍼덕여도
새하얀 사제복은 하천에서 오염된다
외발로 물구나무선 하늘 올려 보던 때

가장 넓은 천상과 가장 낮은 강바닥의
그늘에 돗자리 펴고 춤사위 일색이다
입으로 성수 머금어 집전한 주일 성무

봄, 위양지

봄나물 한 상 가득
내어 온 두레 밥상

물방개 각시붕어
허리띠 풀고 있다

후식엔 쑥버무리까지
고봉으로 내어 온다

정적

하품을 참다못해
발 담근 징검다리

여울목 피라미 떼
물소리에 정신 잃자

잽싸게 황로 한 마리
은빛 적막 물고 난다

펄펄 끓는 한낮

광화문 하늘이 뿌옇다가 시커멓다
북한산은 초록으로 봄단장을 마쳤는데
이순신 동상 앞에는 붉은 물결만 굽이친다

줄지어 앉아있는 현수막 머리 위로
욕망의 집에서 나는 유리창 깨지는 소리
비명을 숨긴 차들은 벗어나려 다툰다

조간신문 헤드라인 퇴로 닫힌 좌충우돌
한낮에 쏠린 눈이 활시위 당기고 있다
도시를 쟁기질하는 고랑 깊은 대로들

청마의 집

밥그릇 닮은 섬들 계단 집 그곳 가면
등대에 걸린 깃발 아직도 펄럭인다
바다는 정운의 연서 물비늘이 대신 읽고

속 타는 붉은 동백 차마 말 못 건네고
바람결 들려오는 똑딱선 발동기 소리
그즈음 초가집 불씨 낡은 봄을 지핀다

댓돌 위 흰 고무신 햇볕이 닦는 동안
장독대 반짝반짝 빛 가시에 따갑다
우체부 다녀갔는지 편지 한 통 놓인 마루

저들의 방정식

산수유 노란 부리 콕콕 쪼는 봄날 앞에

강 언덕 덤불 밑엔 콩새 가족 살아간다

서로들 기죽지 말자고 뭐라 뭐라 조잘대며

감독관 낮달 앞에 머리 조아린 꼬마들

쉬운 문제 못 풀어 고개를 내젓는다

목마른 무엇을 위해 몰입하는 저 눈빛

문

'이 열차는 마지막 역인 노포동행 열차입니다'
막히면 기다리고 끊기면 갈아타고
승강장 나오는 발뒤축 등 떠미는 가등 불빛

바람도 회전문 미는 팽팽한 도시의 밤
문턱을 넘나들며 난 무엇 쫓아왔나
내 안에 숨은 울음들 문 여닫는 저녁답

서울 남산

개학한 이른 봄이 아장아장 걸어온다
타워로 가는 길은 궁전처럼 화안하고
우주와 교신 중인지 첨탑 끝이 솟아있다

수선화 자매 몇몇 별꽃 총총 불러놓고
퍼지른 양지에서 공기놀이 한창이다
상춘객 시장기 위해 꽃밥 짓는 벚나무

벌 나비 모여들듯 젊은이 쌍쌍 와서
하늘이 땅 껴안듯 자물쇠 채우고 간다
미열을 앓는 봄날이 케이블카 탈 즈음에

사량도 내지항

배가 쑥 들어간 허기진 내지항에
뜸하게 여객선이 시장기 채워준다
파도가 몰아친 세월 저리 허리 휘었나

먼 바다 눈에 넣고 언덕 바위 뛰어내리던
고깃배 평생 몰던 어부의 검붉은 얼굴
방파제 심장에 꽂힌 물컹한 뼈 한 마디

사량도 베어 물고 선 한 서린 옥녀봉에
절벽 끝 절규하듯 원추리꽃 피었다
우르르 피던 갯메꽃 다 진 갯가 저 혼자

어떤 조문

안경 낀 젊은이가 사진 속 웃고 있다

원인을 묻기 전에 무겁게 고개 숙인

아버지 허연 수염이 향불처럼 피고 있다

신삼국유사

전설이 머물다 간 한적한 동방 벌판
빈 역사 향나무는 호위무사 되어있고
대합실 배어든 향내 사뇌가를 부른다

한 여인 두리번두리번 입간판 읽고 있다
어디로 가야 할지 고개 갸웃대다가
무영탑 올려 보고는 아사달을 찾아간다

달 뜨는 밤이 오면 노대바람 부는 영지
홀연히 비친 돌탑 물고기 집이 되고
축제가 한창인 땅에 벚꽃열차 들어온다

인동초

묵정밭 울타리에
주황색 꽃잎 같은

철 지난 은빛 세상
채반 아래 다 빠지고

둔덕에 당산목 홀로
야위어만 가던 마을

논배미 넘치도록
고요는 내려앉고

조잘댄 참새 떼가
촌티를 벗겠다고

비 젖은 객지로 가서
마디마디 뻗어간다

신선한 이미지와 정형 율격이 드러내는
삶과 시의 원형

이경철 문학평론가

"여름내 빨던 햇살 묘제사 준비했다/ 정갈한 노란 고물
은행잎 뿌려지고/ 십일월 꽃보자기에 제물 싸느라 바쁘
다// (중략) //거북목 고개 숙여 도시 뒷길 걷다 문득/ 세월
이 닫아건 문 열어보고 싶어진 날/ 봉분이 올라온 내력 그
원형을 밟아간다"(「원형을 찾아가다」부분)

이영필 시인의 네 번째 시집 『반구대 가는 길』은 일상
과 속내와 풍경을 소박하게 소묘하고 있다. 그래서 꾸밈
없이 친숙하면서도 세련된 이미지들이 먼저 눈에 들어온

다. 시조 특유의 우리 민족에게 친숙한 운율도 귀에 들려오며 시를 시답게 읽을 맛이 나게 하고 있다.

『반구대 가는 길』은 운율과 참신한 이미지로 현재와 먼 먼 기억들의 과거를 중첩시키며 풍경들의 고향, 삶의 원형을 찾아가고 있다. 그러면서 지금 이곳 우리네 삶에 그렇게 층층이 누적되고 확산돼 가는 의미, 깊이를 주고 있다.

이 시인은 1995년 〈경남신문〉 신춘문예와《시조문학》을 통해 문단에 나왔다. 첫 시집 『목재소 부근』을 비롯해 『장생포, 그곳에 가면』『금빛 멜로디』 등을 펴내며 일상의 진솔한 성찰과 발견을 간명하고 깔끔하게 드러낸다는 평을 받고 있다. 시집 제목에도 그대로 드러나듯 시인이 나고 자란 울주, 울산의 향토와 삶을 밀착시켜 꾸준히 시화해 오고 있다.

그런 이 시인의 시적 특장이 잘 드러나 있는 것 같아 이 글 제목 바로 아래 인용해 놓은 시 「원형을 찾아가다」를 보시라. 세 수로 된 위 시에서 첫 수에서는 '묘제사'와 그 제사를 올릴 때쯤의 계절 풍경을 묘사하고 있다. 조상들의 산소에서 치르는 묘제墓祭, 시제時祭는 추수를 다 끝내고 들녘이 비어가는 음력 10월 상달에 지낸다.

그런 묘제와 계절을 시인은 떡살 빻듯 여름내 햇살을

빨고 노란 은행잎 고물 얹어 꽃보자기에 제물祭物을 싸는 것으로 표현해 내고 있다. 시의에 딱 들어맞는 묘사다. 그러면서 묘제를 올리는 정성스러운 마음까지 고스란히 드러내고 있다.

마지막 수에서는 도회에서의 오늘의 삶을 그리고 있다. 핸드폰 들여다보고 또 들여다보고 하다 '거북목'이 된 우리네 바쁜 일상을 그리고 있다. 그러면서 기억과 전통을 거슬러 올라 삶의 내력, 원형을 찾겠다는 이 시집 전체의 주제를 전하고 있다.

첫 수에서는 우리네 삶에서 변해서는 안 될 것, 원형을 잘 소묘해 놓고 마지막 수에서는 오늘의 삶 속에서 그 원형의 소중함을 다시금 환기해 놓고 있는 것이다. 이처럼 이 시인은 이번 시집에서 과거와 현재, 원형과 오늘의 부박한 삶을 중첩시켜 놓으며 인간과 삶의 가없는 깊이를 다시금 환기해 주고 있다.

친숙하면서도 적확한 이미지로 드러내는 풍경과 삶의 속내

오월엔 빛이란 빛
강물에 투신한다

95

부리로 피리 부는

외발 악사 키 큰 왜가리

둑방길

걷는 여학생

종아리가 환하다

단수로 된 시조 「은빛 강」 전문이다. 제목처럼 햇살이
은빛으로 반짝이는 강을 소묘하고 있는 시여서 이미지가
맑고 투명하다. 초장에서는 강물에 투신하는 빛을 그리
고 있다. 중장에서는 외발 긴 다리로 그런 강물 여울목에
서있는 왜가리를, 종장에서는 강 둑방길을 걷는 여학생
을 그리고 있다.

환하고 투명한 이미지들로 햇살과 왜가리와 여학생 종
아리들을 겹쳐놓으며 5월 강의 한순간을 포착해 내고 있
는 시다. '투신한다', '부는', '걷는' 등 동사형으로 나가며
역동적인 그림으로 그려내고 있다.

시제는 현재. 현재이면서도 과거도 그랬고 미래도 그
럴 영원한 현재진행형으로 역동적으로 나가고 있다. 시

적 내공과 기량이 있어야만 한순간의 풍경을 이리 군더
더기 없는 묘사 이미지들로 역동적으로 잡아낼 수 있을
것이다.

　　수국꽃이 만개한 아파트 화단 위로
　　한 쌍의 노랑나비 꽃 품에 숨어든다
　　배시시 웃어 보이는 유모차 민 젊은 부부

　　작약꽃 떨군 자리 팔 한쪽 기댄 바람
　　지나는 사람들을 멍하니 바라본다
　　세월을 밀고 온 바퀴 멈칫멈칫 세운 노파

　두 수로 된 「두 개의 유모차」 전문이다. 앞 수에서는 아
이가 탄 유모차, 뒤 수에서는 걷기 힘든 노파가 밀고 걷는
유모차를 그리고 있다. 두 수 다 현재진행형이다.
　그런데도 두 수 사이에는 아득히 누적된 시간이 들어
있다. 작약꽃은 지고 이제 수국이 만개하고 있는 사이의
시간, 어린아이를 태운 젊은 부부의 웃음과 보행기 타듯
유모차를 밀고 걷다 힘에 부쳐 쉬는 노파 사이 "세월을 밀
고 온" 시간이 아득히 내장돼 있다. 시인의 감정을 극히

자제한 깔끔한 묘사로 서럽지도, 허망하지도 않게 그런 시간을 독자들에게 돌려주고 있다.

안경 낀 젊은이가 사진 속 웃고 있다

원인을 묻기 전에 무겁게 고개 숙인

아버지 허연 수염이 향불처럼 피고 있다

단수로 된 「어떤 조문」 전문이다. 초·중·종장을 각 한 행으로 잡고 연을 나눠놓고 있다. 각 장 사이 여백의 공간을 넓게 주기 위해서다. 초장에서는 영정 속 젊은이를, 중장에서는 고개 숙인 조문객을, 종장에서는 아버지 수염과 향불을 '허연' 이미지로 중첩시켜 놓고 있다.

이 세 장면과 넓은 여백 사이에서 독자들은 "원인을 묻기 전에", 시를 요리조리 해체해 분석해 보기 전에 즉각적으로 어떤 큰 울림을 느낄 것이다. 자식을 앞세워 보낸 아비의 그 참척의 심정을, 그렇게 내몬 지금 우리 사회의 부조리에 나름대로의 아픔과 분노를 느낄 것이다. 구구절절 설명보다 이리 깔끔한 묘사가 더 많은 것을 독자들에게 던져줄 수 있음을 시인은 익히 체득하고 있는 것이다.

　　한 오십 년 쓰다 보니 뿌리째 흔들린다
　　담장에 돌 빠진 듯 뻥 뚫려 시린 자리
　　굴러온 임플란트가 제집인 듯 가관이다

　　첫새벽 청소차가 스케일링하려는 듯
　　물 뿌린 곳곳마다 굴착기 긁어댄다
　　자투리 움켜쥔 땅에 느티나무 안쓰럽다

　　반듯한 옥수수를 오독오독 씹고 싶다
　　그 좋던 사람 모두 어디로 다 떠났는지
　　찬 바람 들이닥치자 잇몸마저 시리다

　　세 수로 된 「풍치를 뽑다」 전문이다. 세 수 모두 시린 풍
치와 그것을 뽑고 난 허전함을 시린 감각적 이미지로 잘
드러내고 있다. 그러면서 옛것, 전통과 고향, 원형적 삶
등의 상실을 아프게 떠올리게 하는 시다.
　　첫 수에서는 풍치를 뽑고 임플란트 끼워 넣은 사실을
그대로 전하고 있다. 중장에서 이 뺀 자리를, 종장에선 옛

것과 새것을 잘 묘사하며 비교하고 있다. 둘째 수에서는 새벽 거리의 물청소 풍경을 치아 스케일링처럼 감각적으로 묘사하면서 옛것의 소중함을 드러내고 있다.

마지막 수에서는 이의 생김새의 유사성에서 옥수수를 떠올리며 옥수수 나눠 먹던 옛 시절을 그리워하고 있다. 이의 묘사적 이미지가 '찬 바람 시린' 감각적 이미지로 발전되며 이미지의 역동성과 실감을 더하고 있다. 이처럼 이 시인은 이번 시집에서 친숙하면서도 정련된 이미지들을 적확하게 드러내며 삶과 풍경의 속내를 파고든다.

순간적 이미지에 쌓이는 먼 과거와 미래, 순간성의 시학

긴 여름 태풍 속에
살림도 뚫디뚫어

아랫목 풋감 단지
소금물에 배불렀지

덜 삭은 별과 달 꺼내
허기 달래보던 때

바닥에 몰래 숨긴
그중 큰 놈 한 알은

슬그머니 하늘 가서
어두운 밤 등불 됐고

아직껏 물이 덜 빠진
보랏빛 감물 치마

　　두 수로 된 「장마 그쯤」 전문이다. 장마에 떨어진 풋감
을 소금물에 떫은맛 우려내 먹는 것을 소재로 한 시다. 그
런 소재를 실감 나게 묘사, 시간과 공간을 확산시키며 우
리네 삶, 그 속내를 깊이 있게 우려내고 있다.
　　풋감의 그 떫은맛에서 시인은 먹을 것 없어 떨어진 풋
감을 우려먹던 어려운 시절을 떠올리게 하고 있다. 그런
곤궁한 시절 먹을 것 제대로 못 먹어 죽어 하늘로 간 동기
들도 떠올리며 또 "아직껏 물이 덜 빠진" 자신의 속내도
"보랏빛 감물 치마" 이미지로 선명하게 보여주고 있다.

과거와 현재 시제를 번갈아 쓰며, 우려낸 풋감을 현재에 보며 과거를 떠올리고 있는 시다. 아니, 과거와 현재가 항상 같이하고 있는 서정시 특유의 현재진행형으로 나가고 있는 시다.

　할머니 손에 자란 흙담 위 덩굴장미
　희뿌연 등겨 같은 세월 속에 피어있다
　사랑방 뒷문을 열면 담배 무는 아지랑이

　골목을 빠져나온 봄볕도 아깝다며
　빨래로 젖은 손이 내 말린 쇠똥 거름
　마당가 감나무 그늘 우물 길어 올리고

　회초리 줄무늬를 종아리에 새긴 날엔
　바지랑대 휘게 했던 세계지도 색동 이불
　비상구 찾아 헤매다 반세기 홀딱 지났다

　세 수로 된 「아껴 쓴 봄볕」 전문이다. 첫 수는 현재, 둘째 수는 과거, 마지막 수는 과거에서 현재로 이어지고 있는 시제를 택하고 있다. 이렇게 시제를 나눠서 택하고 있지만 실은 지금 담배 연기처럼 피어오르는 아지랑이 속에는 "희뿌연 등겨 같은 세월"이 켜켜이 쌓여있다.

마지막 수 종장 "비상구 찾아 헤매다 반세기 홀딱 지났다"는 우리네 생의 본질을 과거 시제로 말하고 있지만, 아니다. 시인의 빼어난 묘사에 의해 현재에 유년 시절의 과거가 아주 선명하게 중첩돼 있다. 그러면서 남은 생도 그리돼 지날 것임을 예감하고 있는 영원한 현재진행형 시제인 것이다.

"구멍 난 양말 집어 가만히 살펴본다/ 바늘에 따끔 찔려 시린 가족 떠올리며/ 아직도 당신의 한숨 내 심장을 꿰맨다"(「유년기」 부분)

세 수로 된 위 시 첫 수에서 볼 수 있듯 시의 시제는 현재다. 구멍 난 양말을 꿰매는 지금 이 순간의 행위 속에 유년기 궁핍했던 시절 어머니의 삶과 마음이 시인의 심장을 꿰뚫고 있다.

이처럼 이번 시집에 실린 많은 시편들에서 시인은 오늘 이곳의 삶과 풍경에서 유년을 중첩시키며 원형의 세계를 빼어난 묘사로 새롭게 열어젖히고 있다. 그러면서 오늘의 삶의 비상구로서의 의미와 구원을 찾고 있다.

> 회사 간 엄마 올까
> 기다리다 지친 아이
>
> 어둠을 쪽쪽 빨다
> 깜빡 잠에 빠진 사이
>
> 목련이 흰 등불 켜고
> 문밖에서 기다린다

　단수로 된 「봄밤」 전문이다. 봄밤에 하얗게 피어있는 목련꽃을 소재로 한 시다. 엄마 젖통처럼 보드랍고 뽀얀 백목련꽃을 시각 및 온몸의 촉각으로 느끼며 그 꽃에 동화돼 가고 있다. 그러면서 지금 잠든 아기, 혹은 시인 자신의 아기 때와 목련꽃을 겹쳐지게 하며 시의 본질, 서정시의 원형을 시조 단수의 짧은 길이와 선명한 이미지와 운율로 잘 보여주고 있다.
　너와 나는 하나로 같다는 동일성의 시학과 지금 이 순간의 현재에 과거와 미래가 겹쳐진다는 영원한 현재로서

의 순간성의 시학이 시의 알파요, 오메가라 할 수 있는 서
정성의 요체 아니겠는가. 이 시인은 온몸의 감각에 의한
빼어난 묘사로 그런 서정성의 본질에 실감 나게 다가가
며 삶과 시의 원형을 파고들고 있다.

지금 이곳의 삶서 역동적으로 드러내는 원형의 세계

꽃치마 홀렁홀렁
들췄던 또래 아이

시간 밖 태엽 감아
짓궂게 웃고 있다

유년의
아이스케키
그 단맛이 그립다

단수로 된 「운동장」 전문이다. 초등학교 운동장에 앉
아 노는 아이들을 보며 유년으로 돌아가고 있는 시다. 또
래 여자아이들의 치마를 들추며 짓궂게 노는 아이들과

시인의 유년이 겹쳐지고 있다. 그러면서 유년에 시원하게 먹던 아이스케키의 단맛도 그립게 떠올리고 있는 시다.

그렇게 현재에서 유년을 떠올리는 것을 시인은 "시간 밖 태엽 감아"라고 표현하고 있다. 그렇다. 시인의, 시의 시간은 과거에서 현재를 거쳐 미래로 수평적, 직선적으로 흐르는 것이 아니다. 지금 이 순간 과거의 추억과 미래의 예감이 수직적, 순환적으로 꽂히는 것이다. 그것이 우리네 운동장, 실존적 삶의 본질적 시간이기도 하다.

나이테 동심원 속 내 한생도 거기 있었다
우수수 낙엽 흔적 그 내력 읽어내듯
발아래 회귀를 하는
흙의 정을 안고 싶다

가지를 뻗겠다고 힘주며 산 지난날들
하나의 동그라미 그냥 됨이 아니었을
어쩌면 그를 닮으려
마음속에 앉힌 달

두 수로 된 「나무 심포니」 전문이다. 앞 수 초장부터 시

106

인이 사는 이유와 시를 쓰는 이유, 그 메시지를 그대로 전하는 시다. 해서 묘사보다는 진술 위주로 나가고 있다.

직선적으로 앞으로 앞으로만 나아가는 삶이 아니라 나이테처럼 둥글게 둥글게 도는 삶, 표피적인 부박한 삶이 아니라 둥근 시간의 켜켜, 저 원시부터 지금까지 변치 않고 돌아가는 본질적이고 원형적인 시간의 삶을 살겠다는 것이다.

노벨문학상을 수상할 정도로 빼어난 시인이며 시론가인 옥타비오 파스는 "시는 순수한 시간에 도달하는 통로이며 실존의 생명수에의 잠항潛航이다. 시는 끊임없이 창조하는 리듬 이외의 그 어떤 것도 아니다"라고 했다. 그러면서 "리듬의 반복은 원초적 시간의 초대이며 소환"이라 강조했다.

시에서의 운율, 리듬은 원형적 시간을 재창조한다는 것이다. 직선적인 산문과 달리 리듬에 의해 원형적 시간이 끊임없이 반복되고 재창조되며 과거와 미래가 현재화되는 것이 시다. 리듬과 함께 원형적 시간과 세계를 구체적으로 매양 새롭게 드러내는 것이 시의 이미지다.

시조는 자수율, 음보율 등은 물론 기승전결의 구성 등 모든 층위에서 운율, 리듬이 양식화된 시다. 그런 시조 정형의 리듬을 타고, 참신하고 세련된 이미지를 변주해 가며 이 시인은 삶의 원형은 물론 시의 원형도 보여주고 있는 것이다.

정 끝에 실었던 꿈 석공은 간데없고
전설을 끌어안은 천년 탑은 침묵한다
검버섯 꽃으로 숭숭 피고 지고 또 지고

그날의 영상미가 꽃비로 쏟아진다
대웅전 촛불 밝혀 어두운 마음 비춰보면
날마다 하늘 문 열던 열쇠 하나 보인다

님 가도 돌은 남아 이끼는 침묵하고
떴던 눈 다시 감아 잠시 하품하는 사이
모두는 바람이 되어 강물처럼 흘렀다

세 수로 된 「불국사 봄 시」 전문이다. 시인이 태어난 인근 경주에 있는 불국사 석탑 앞에서의 한순간을 그린 시다. 천 년 전 돌을 쪼아 탑을 세운 석공과 지금 이 순간 시인이 마주하며 "모두는 바람이 되어 강물처럼 흘렀다"며

제행무상諸行無常, 인생무상을 실감하고 있다.

　그런 무상관에서 볼 때 천 년도 눈 깜빡할 사이의 한순
간이다. 아니, 그 순간에 천년만년의 무한대 시간이 피고
지고 피고 지고 하고 있음을 돌에 핀 이끼를 통해 드러내
고 있다. 시의 시간도 그렇고 삶의 시간도 이렇듯 원형적
임을 대웅전 부처님 앞에서 새삼 깨달으며 드러내고 있
는 시다.

　　굽어 돈 산길 끝에 촌집 한 채 졸고 있다
　　도포를 끌던 포은 잠시 마실 갔는지
　　읽다가 던져둔 고서 아무렇게 쌓였다

　　청석을 캐어 와서 잘 다듬은 반구연盤龜硯에
　　밤낮 물소리가 먹을 갈고 있었다
　　집청정 푸른 대숲이 겸재 화원 붓이 됐다

　　반구천 대곡천이 함께 만든 에스라인
　　그 물길 돌아 돌아 선사로 이어졌고
　　갑자기 맹수 한 마리 달려들 것 같았다

이번 시집의 표제작인 세 수로 된 「반구대 가는 길」 전문이다. 제목처럼 시인의 고향에 있는 선사시대 유적지 반구대로 가는 길을 그린 시다. 위 시에서 물길 따라 굽어 돈 산길은 포은의 고려시대와 겸재의 조선시대, 그리고 그 너머 너머의 아득한 선사시대로 가는 길이다.

그 시대 유적들이 그대로 남아있는 그 길을 나도 걸은 적 있다. 반구대 적벽에 이르니 호랑이도 사람도 새끼 고래 어미 고래도 동심원 그려놓고 모두 모두 신나게 춤추듯 돌아가는 암각화가 새겨 있었다. 그런 선사시대, 시간과 삶의 고향, 원형으로 생생하게 돌아가고 있음을 위 시는 잘 보여주고 있다.

그렇다. 우리네 기억, 시간을 거슬러 올라가면 그 기저에는 심리학에서 밝힌 무의식이나 집단무의식 그리고 원형이 있다. 아무리 세상이 변해도 그것을 끝끝내 그것이게끔 하는 원형, 플라톤이 말한 이데아로서의 원형이 있다.

우리 개개인에게도 그런 원형의 시대, 생령生靈이며 정령精靈들과 울긋불긋 꽃대궐에서 서로 한 몸 한마음으로 어우러졌던 고향의 봄 유년의 신화시대가 있다. 삼라만상이 영통靈通하던 시대가 있다.

오늘도 우리들 꿈은 그때 각인된 기억을 재연하고 있

110

다. 시인들은, 시라는 문학 양식만큼은 여직도 특권인 양 그런 원형적 세계를 꿈꾸고 있다. 이제 너무 멀리 떠나와 다시 돌아갈 수 없어 아프고 어두울지라도, 다시 합치될 수 없는 묵시론적 세계일지라도 그런 원형의 세계를 새롭게 보여주며 오늘의 삶에 위안을 주고 있다.

그렇다고 이 시인은 유년이며 고향, 선사의 원시로 돌아가는 과거 회귀며 퇴행적 시인은 아니다. 위 시 마지막 수 종장 "갑자기 맹수 한 마리 달려들 것 같았다"에서 볼 수 있듯 지금 이 순간에 좌표를 찍고 있다. 그러면서 '갑자기'라는 시어에서 볼 수 있듯 역동적, 실감적으로 먼 과거를 중첩시키며 오늘 현재의 삶과 시간에 층층의 두께를 주고 있다.

삶과 세상에 위안과 깊이를 더하는 시의 원형

문 열자 바람이 슬쩍 한 여자 훔쳐본다
눈꺼풀에 붙은 피로 파마약처럼 굳어있고
꽃분홍 비닐 앞치마 미끄럼 타는 하루치 삶

염색약 빗어 바른 여윈 손이 안쓰럽다

그림자 하나 지우고 뛰어든 생활 전선
중화제 거품 인 세상 샴푸질로 씻어낸다

수다 떤 고객 함께 넘기는 인생 백과
가벼운 잡담에도 허기는 불러오고
찍 하고 긁는 카드에 촉수 높인 저녁 불빛

세 수로 된 「미장원 캡처」 전문이다. 동네 미장원 안 풍경, 특히 주인을 한 컷 한 컷 가볍게 스케치해 나가는 시다. 그러면서 오늘의 고단한 노동의 삶을 떠올리고 있다.

첫 수에서는 "눈꺼풀에 붙은 피로"로 "하루치 삶"의 고단함을, 둘째 수에서는 생활 전선에서 여윈 손의 안쓰러움을, 마지막 수에서는 수다와 잡담 속에서도 지워지지 않는 삶의 허기를 전하고 있다. 특히 "찍 하고 긁는 카드에 촉수 높인 저녁 불빛"이란 빼어난 공감각적 묘사로 이 시대 서민들의 곤궁한 삶을 그대로 캡처하고 있는 종장이 인상적이다.

빛바랜 포장마차 앞치마 비닐 두르고
붕어빵 3개 천 원 1개 300원이라 적힌 글자

주문을 반죽에 섞자 금붕어 떼 몰려온다

낱개로 사는 사람 덤으로 얹어주는
손 바쁜 마술사의 채송화 닮은 얼굴
불 꺼진 집으로 집으로 고기몰이 하였고

(중략)

어린 날 잔칫집에서 얻어 온 떡 한 조각
입에다 넣어주던 어머니 손놀림은
사카린 맛보다 더 단 시간 속의 마술임을

　네 수로 된 「마술사」 부분이다. 바로 앞서 살펴본 「미장
원 캡처」처럼 고단한 노동, 삶의 현장을 다루고 있는 시
다. 백 원 천 원 단위로 붕어빵을 구워 파는 초라한 포장마
차야말로 최하위 노동의 현장 아닐 것인가.
　그런 현장서 밀가루 풀을 부어 붕어빵으로 만드는 노
동을 시인은 마술로 보며 가볍고도 즐겁게 과거 유년 시
절로 돌아가고 있다. 노동을 고된 것으로도, 값싼 것으로
도 보지 않고 "시간 속의 마술"을 부려 언제든 변치 않는

113

항심恒心으로 보고 있다.

　일찍이 맹자가 말한 일정한 밥벌이 노동, 항산恒産이 없으면 항심도 없다는 말이 위 시에서 떠오른다. 다디단 붕어빵 노동의 현장에서 시인은 그 단맛의 마술로 단박에 유년으로 돌아가 변치 않는 마음결의 맛을 읽어내고 있지 않은가.

　　"가등 아래 기대있는 타고 온 자전거도/ 퇴근한 노동자처럼 혼자 젖어 취해있다/ 지구의 밖에서 보면 아름답기 그지없을"(「곡우 무렵」부분)

　하루치 노동을 끝내고 타고 온 자전거 세워두고 소주를 마시는 노동자와 술집 풍경을 다룬 시 「곡우 무렵」한 대목이다. 그런 풍경을 시인은 "아름답기 그지없을" 것으로 보고 있다. 이렇듯 이번 시집에는 앞치마 두르거나, 자전거 타고 출퇴근하는 현장의 노동의 삶을 다룬 시편들도 종종 눈에 띈다.

　고달프고 억울함도 있겠지만 그걸 탓하거나 시대를 비판하지 않고 시인은 항산성 항산심 입장에서 그리고 있다. 부박하고 표피적인 지금 이곳의 삶의 뿌리를 둘러보

려는, 원형을 파고드는 시심에서 그리했을 것이다.

묵정밭 울타리에
주황색 꽃잎 같은

철 지난 은빛 세상
채반 아래 다 빠지고

둔덕에 당산목 홀로
야위어만 가던 마을

논배미 넘치도록
고요는 내려앉고

조잘댄 참새 떼가
촌티를 벗겠다고

비 젖은 객지로 가서
마디마디 뻗어간다

두 수로 된「인동초」전문이다. 도회 객지로 다들 떠나고 오래된 당산나무만 의구하게 서서 지키고 있는 시골 고향 마을을 그리고 있는 시다. 당산나무에 올라 참새 떼처럼 즐겁게 조잘거리며 놀던 유년의 동무들이 다 객지로 떠난 고향 마을은 적막하기만 하다.

떠나와 살고 있는 객지의 삶 또한 촌티를 벗고 화려하고 행복하기만 한 것은 아니다. "비 젖은 객지"이다. 그런 객지에서 나름대로 "마디마디 뻗어간다"며 각각의 삶의 영역을 넓혀가더라도 고향의 당산나무에서 비롯되고 다시 거기로 돌아가야 한다는 원형에로의 회귀의식이 그대로 배어있는 시다.

이 시인은 이번 시집을 펴내며 "내 시의 원형을 찾아가는 출구인지도 모른다"라고 밝혔다. 그렇다. 이번 시집에서 시인은 유년의 고향과 원형을 지금 여기의 삶과 노동에서 파고들고 있다.

고단하고 정처 없는 오늘의 삶의 뿌리를 파고들어 삶에 위안을 주기 위해서다. 부황되고 허황한 오늘의 삶에 깊이를 주기 위해서다. 삶과 시의 원형으로 자신과 독자를 구원하며 우리가 사는 삶과 세상의 가없는 깊이를 보여주고 있는 시집이『반구대 가는 길』이다.